청어詩人選 524

국경의 꽃

유재원 장시집

도서출판 청어

지뢰
MINE

국경의 꽃

유재원 장시집

차례

1. 국경의 꽃   8

2. 비린내   42

3. 길   76

1.

국경의 꽃

　민간인 통제구역, 산그늘 길게 드리운 국경의 아침은 고요하다. 철책 아래는 불모지, 몸을 은폐하는 참호에서 오직 적을 노려보는 초병의 가슴에 풀잎 향기가 흩날린다.
　바람과 구름과 철새가 동행해도 국경은 전쟁을 시작하는 땅, 젊은 목숨 바쳐 지키는 국경은 적군이고 아군이고 무조건 차단해야 한다. 야생화 천국 휴전선 너머는 인민의 나라, 가보지 않아도 끝나지 않은 전쟁의 피가 고여 있다.
　옛 시절로 돌아갈 수 없는 자유의 수명은 얼마나 남았을까. 전쟁의 상처 위에 내려앉는 달빛과 아무 상관 없이 국경의 꽃이 핀다. 작년에 피었던 그 꽃이 고향을 그리는 병사의 가슴에 핀다.

국경의 꽃

1

바람이 구름을 밀고 가는 하늘
빗금 그으며 곤두박질치는 별 하나
날 선 눈빛으로 노려보는 휴전선
여러 겹 철조망으로 촘촘히 둘러친
아무도 들어갈 수 없는 섬 아닌 섬
젊은 병사의 눌러쓴 철모 위로
한 무리 철새가 줄지어 날아갔다
산등을 밟고 넘어온 달빛이
기척 없이 들어와 물결 일렁일 때
비무장지대에 눈꽃이 한가득 피었다

바람 불어 마음이 휘어져도
잔설이 남은 산골짝 봄은 멀었는데
새소리는 어디서 날아왔을까
이별이 손을 흔드는 해 질 무렵
연신 외로움이 경계선을 뚫어도
저녁노을은 하늘 끝으로 번졌다
전쟁의 얼룩이 남아있는 비무장지대
침묵이 녹슨 철조망을 감아 조이면

눈빛으로 인연을 묶는 영혼은
긴장이 도진 바닥에 납작 엎드렸다

기억 속에 선명하게 새겨진
두고 온 고향이 그리운 국경
어둠이 보슬비처럼 내리면
언제나 총알이 빗발치는 전장인가
병사는 두려움 대신 숨을 죽였다
발자국 없이 불모지를 밟고 온
밤바람이 초병의 가슴을 헤집어도
물 같은 어둠이 흘러 끝없이 흘러
저 혼자 홀쭉해진 하현달
달빛은 메마른 나뭇가지를 비켜
누가 보건 말건 무단 침입했다

2

오직 하나 통일을 기다리는
병사의 총검이 섬뜩하게 빛나도
지난 세월이 고스란히 묻혀있는 땅
바람이 날카롭게 풀잎을 스치고
피 묻은 손을 흔드는 노을이 지면
별똥별은 한 발의 소리 없는 오발탄
실어증 앓는 가슴을 뚫었다

전쟁이야기를 슬프게 이어가도
국경의 밤은 의외로 안전했지만
추락한 별이 바스락거렸다
누구도 침투할 수 없는 휴전선
달빛이 어둠을 비질할 때
작년의 꽃이 다시 피어 봄이 왔다

눈빛을 칼끝처럼 벼려도
흐르는 시간은 변하지 않는다
그리운 당신에게 말 전하니
식은 사랑 투정하지 말고
봄이 오면 국경의 꽃을 보라

우리가 함께 있는 동안
오늘의 사연은 추억이 아니다
어차피 혼자 걸어가는 길
은은한 달빛에 몸을 적시고
침묵의 눈으로 들꽃을 보라

이별 뒤에 서 있는 바람이
한 마리 새처럼 하늘을 날아
끝내 그리움이 찾아오면
가슴에 사랑나무 하나 심고
외로운 사람과 어울려라

잠든 나뭇잎의 순수한 침묵이
전쟁의 상처를 파랗게 덮어주어도
가슴에 그리움 포개는 봄바람 불어
꽃잎 청춘 뒤돌아볼 새 없이
고향 생각이 한아름 밀려왔다
눈부신 허공에 투명한 덫을 놓고
하염없이 기다리는 거미처럼
보이지 않는 어둠의 적과 대치하면
이슬 내린 전선의 밤은 서늘한데
어느새 숲이 눈뜨는 아침
산기슭에 햇살 꽃이 흐드러졌다

3

어느 부족이 살았던 옛터
한때는 모두의 벌판이었는데
피난민들은 서러운 전쟁을 비켜
논밭으로 개간한 살가운 땅을 두고
자유를 찾아 남쪽으로 내려갔다
지금은 길이 끊기고 수풀이 우거진
죽음의 풍경이 고요한 비무장지대
색색의 들꽃이 흐드러졌어도
침입자는 기필코 사살해야했다
잔별이 무수히 추락한 묵정밭에

침묵을 장전한 나비가 너울거려도
병사는 적과의 거리를 측정하고
한가하게 비어있는 땅을 경계했다

오늘도 그치지 않는 슬픔은
미래의 전쟁을 연결하는 고리
나비가 사랑과 엇갈린 마음으로
아침부터 꽃잎을 인정 없이 공격해도
새들은 마음대로 둥지 틀었다
백년을 두고 흐르는 강물의 기억
기상나팔 소리가 바람을 가르고
연병장 하늘을 높게 나를 때
약한 마음을 밀어내는 용감한 투쟁
허기진 세상으로 줄지어 행군하는
군화 소리가 대지를 힘차게 흔들었다

비바람 불어 꽃잎이 이우는
눈물의 훈련은 끝이 없는데
태양을 조준 사격하는 어리석음이
잠시 멈춘 전쟁의 아픔을 끌고 왔다
가슴을 뜨겁게 끓이는 땀을 닦고
몸에 감긴 현실을 풀어내는 시간
구름의 흔적마저 지운 파란 하늘에
병사들은 저마다 그리움을 띄웠다
오늘도 무사하다는 안부편지가

꿈에서도 잊지 못하는 고향집에
빠른 걸음으로 도착하기를 바라면서

4

여기는 서울역 대합실
서성거리는 눈빛으로 바라보면
큰길 건너 아련한 언덕은 달동네
산등에 자리 잡은 십자가 불빛이
빛바랜 외로움으로 흐르고
허공에 낫 같은 달이 홀로 떠있다
백날을 하루같이 손꼽아 기다리다
연착 없는 고향열차를 타고
그리운 부모형제 찾아가는 여행
휴가 가는 그날이 오늘인데
들뜬 마음으로 서로 나눠 마신
아쉬운 이별주에 그만 막차를 놓쳤다

바닥에 흩어진 희미한 불빛
병사는 아예 전등불을 끌어 덮었다
첫차를 기다리는 안타까운 마음이
나무의자에 등을 기대고
졸음에 겨워 비스듬히 누웠을 때
군인아저씨 쉬었다 가세요

밤의 그림자로 다가와 유혹하는
어느 여인의 나직한 목소리에
허둥대던 가슴이 화들짝 놀랐다
말로만 들었던 몸 파는 여자
눈앞의 여인이 바로 그녀가 아닌가

내 주관만 뚜렷하면 괜찮겠지
흔들리는 마음 몇 번이고 다독여도
숨이 멈춘 풍경은 몹시 흐렸다
지친 몸이 쉬어갈 곳은 어디인가
어둠이 깔린 길을 밟으며
앞서가는 키 작은 여인의 뒷모습은
한 사내하고는 못산다는
오리궁둥이 몸매를 가진 여자였다
낯선 언덕의 좁은 골목 모퉁이는
서로 이마를 맞대고 있는 집과 집
밤의 여인이 도착한 곳은
꽃그늘 드리운 봄 속의 방이었다

5

언뜻 보아도 비상구가 없는 방
거실을 따로 구별할 수 없는 침실
꽃향기 흐르는 비좁은 공간에서

한 여자가 눈앞이 아찔하게
살냄새 배어있는 본능을 벗으니
다짐이었던 마음의 주관은 간 곳 없고
이내 밤의 사랑이 흩날렸다
쾌락이 영혼을 삼키고 말리라
공동체 의식이 쉽사리 붕괴하리라
사는 동안 재난은 계속되리라
양심을 모두 버린 세상이 도래하리라
회개의 목소리가 아련히 들려왔다

창문에 얼비치는 하늘의 빛
예배당을 표시하는 십자가 위로
사랑을 토렴하는 별이 보였다
지금은 하염없이 꿈꾸는 밤
거추장스러운 양심의 껍질을 벗고
오직 알몸 위에 깃발 꽂는 시간인데
보이지 않는 성령 역사의 폭발은
어디서 어떻게 이루어지고 있는가
하룻밤 사랑이 교만을 물리치는
무질서의 폭력이 거세게 일어났다
탐욕이 불러온 극심한 혼돈이
믿음의 태도를 모두 변화시켰다

무엇이든 감아 조이는 넝쿨손이
옛날부터 그녀 속살에 뿌리내리고

꿈꾸는 영혼으로 살고 있었는지
참을 수 없이 간지러운 몸살에
사나이는 몇 번이고 굵은 땀을 흘렸다
밀가루 반죽을 얇게 밀어서
그 속에 풋콩 한 움큼 집어넣고
서로 몸을 비벼 송편 빚는 일
하룻밤 사랑이 운명의 굴레였다
유리창 너머 십자가에 고백하지 않아도
마음을 움직이는 기도는
그저 한 번의 감사와 기쁨일 뿐
죄인으로의 회개는 아무 소용없었다

6

믿는 자들은 끝까지 따르라
삶의 실적을 하늘에 보고하는
예배 형식을 깨트렸어야 했는데
믿음으로 영생을 얻으라고
십자가 들고 사랑을 부추기는 사람
밤의 천사는 피부가 날개였다
잠시지만 자신을 지배할 수 있도록
남자에게 기쁨의 시간을 선사하고
무릎 꿇고 원하는 곳을 바라보며
자신의 미래를 결정하는 기도

부끄러운 감사의 한순간을 주었다

낮은 천장을 바라보는 휴식
병사는 담배 한 개비 꼬나물었다
연기를 가슴 깊이 빨아들일 때마다
화사한 사랑이 궐련 끝에서
상사화 붉은 꽃잎으로 피어났다
창밖 하늘은 생의 회색 경계선
어둔 하늘에 떠 있는 별 같은 소원이
밤새도록 은유의 바람을 불러왔다
하얀 사랑을 문질러 그을린
밤이 가고 해가 뜨면 사라지는 이슬
사랑의 추억이 늦잠 속에 빠졌다

밤길에서 만난 키 작은 여자
이름도 모르는 거리의 낯선 여자
전생의 무슨 인연이었기에
뜨거운 가슴을 지치도록 헤집었을까
병사의 순결을 모조리 빼앗아간
여자는 침실에 핀 달맞이꽃이었다
군인아저씨가 무슨 돈 있겠어
남자의 성녀 오리궁둥이 여인이
기어이 반값 화대를 받았을 때
저 높은 십자가의 아침이 열리고
허기진 비둘기가 흘린 먹이를 쪼았다

7

숨이 막혀 잠을 이룰 수 없는
혼란한 마음이 머물던 자리
눅눅한 사랑을 비좁은 침실에 던지고
인정 없이 돌아서는 짧은 만남
무조건 잊어야 할 긴 여운이
저 혼자 허공을 젓던 날개를 접었다
굴뚝새처럼 쉬어가는 밤의 진실이
한번은 겪어야 할 남자의 의식이었을까
사랑이 무언지 모르는 순결이
하늘 끝으로 송두리째 떠내려갔다
감당하지 못하는 사랑의 무게
지는 꽃잎이 말할 수 없는 고통인가
오직 견디는 것만이 최고의 영광인가
어젯밤 일들이 심술궂게 떠올랐다

　여기는 길이 끊어진 휴전선
　고요가 밀려오는 비무장지대
　둘러친 철책 따라 뿌리내린
　풀잎 향기 가끔 입에 따 물어도
　별빛이 부서져 내리는 국경이
　오직 명령에 죽고 사는
　병사가 꿈꾸는 내무반인데

바람이 무심히 흐르는 땅에
용감한 군인의 이름으로
찬란한 젊음의 꽃을 피웠어도
고개 쳐든 깜부기 꺾어
피리 불던 보리밭의 파란 추억
순전히 그리움 하나 때문에
병사는 잠시 군인정신을 잊었다

마음을 하늘 높이 띄워도
병사는 멀리 날지 못하는 새
두고 온 고향이 못내 아쉬워
잠 못 이루는 밤이 가고
이슬에 발 적시는 아침이 왔다
자신과 싸우는 위험한 현실
민간인 흔적을 털어내야 했다

8

병사를 싣고 달리는 고향 열차
푸른 벌판이 내다보이는 유리창에
갑자기 혜숙이 얼굴이 얼비쳤다
너는 각시 나는 신랑 소꿉장난하던
나 혼자만의 반쪽사랑 그녀가
차창 밖에서 웃고 있었다

어둠을 떠나 잠시도 살 수 없는 생명
저 하늘 초승달과 초저녁별이
애달픈 눈빛으로 서로 손 흔드는 시간에
보따리 하나 겨드랑이에 끼고
아무도 모르게 객지로 떠난 혜숙이가
달리는 고향 열차 유리창에
흑백 그림자로 매달려 동행하고 있었다

고향의 향기를 쉼 없이 헤집으며
손톱에 봉숭아 꽃물들이던 아가씨
철새 같은 혜숙이가 그리워
풀잎 이슬이 병사의 눈에 맺혔다
마른 나뭇가지에 핀 눈꽃이 시들면
가는 겨울 뒤를 붙잡고 봄이 오겠지
첫눈이 내릴 때까지 남아있어야 할
손톱에 새겨진 붉은 초승달이
얼어붙은 멍울을 깨고 꽃으로 피겠지
서울 어딘가에 있을 혜숙이 생각에
사랑이 아직 남아있기를 바라는 마음에
병사는 혜숙이 노래를 지었다

혜숙아 내 동생아
몸 성히 잘 있느냐
여기에 있는 이 오빠는
장교가 아니란다

여기에 있는 이 오빠는
장교가 아니라서
육군하고도 휴전선에서
보초 서는 신세란다

오빠야 내 오빠야
몸 성히 잘 있느냐
여기에 있는 이 동생은
여대생이 아니란다
여기에 있는 이 동생은
여대생이 아니라서
서울하고도 양동에서
몸을 파는 신세란다

9

육군병사가 할 짓이 아닌
창녀에게 순결을 바친 죄의식에
병사는 혜숙이 노래를 만들었다
고참병에게서 신병으로 구전되어
병사들이 즐겨 부르는 진중가요
그러니까 육십 년대에 탄생했는데
사십 년이 지난 이천 년에
사랑은 아무나 하나로 변작하여

가수 진아가 작곡 미상으로 불렀다
모든 것이 흘러가면 그만인데
쓸데없는 사람들이 쓸데없이
혜숙이 노래 저작권을 놓고 다투었다

사랑도 마음 떠나면 하나의 바람
보석도 땅에 뒹굴면 하나의 돌멩이
다시 국경의 밤은 깊어가고
적은 반드시 내 앞으로 온다는 초소
꽃바람이 병사의 가슴을 연신 두드렸다
바람마저 잠든 전선의 밤
어린 시절 혜숙이 참한 모습이
한가위 달처럼 허공으로 떠올랐다
그녀를 만나면 몸 바쳐 사랑하리라
풀벌레울음이 밀리는 초소에서
병사는 혜숙이 노래를 중얼거렸다

바람 없어도 흔들리는 마음
춘곤증을 심란하게 앓는 계절
사랑의 회전목마를 탄 그 여자는
밤 깊은 서울역 대합실에서
오늘은 어느 병사를 홀리고 있을까
발버둥 쳐도 인간은 인간이다
사람은 아무리 착해도 천사가 아니다
순결을 창녀에게 바친 죄

헌병 따라 육군교도소에 갈지라도
짙은 어둠을 빛으로 허문 병사는
사랑의 신에게 내 잘못을 고백했다

10

죽음을 매장한 묘지처럼 외로워도
지금은 편히 누울 여유가 없는데
어둔 세상을 내려다보는 별이
마냥 드러눕고 싶은 졸음을 불러왔다
맑은 기도를 길어 올리는 사람은
아무리 악해도 악마가 아니다
신이 내 곁에 존재하는 동안은
마음먹기에 따라 천사도 될 수 있다
일부러 예배당을 찾지 않아도
소리 없이 들려오는 하늘의 음성
그대는 무엇을 찾아 헤매고 있는가
명령에 살고 명령에 죽는
병사는 새벽부터 뒹구는 군기 속에서
영혼까지 굳세게 단련해야 한다
피 굶주린 거머리처럼 징그럽게 대드는
고독의 공포가 밤새도록 흩날려도
군기 빠진 타락은 용서할 수 없다

구름이 파편처럼 조각난 하늘
소리쳐도 침묵하는 노을빛이
철조망을 휘감아 더욱 녹슬게 했다
감자 삶는 시골집 무쇠솥처럼
한여름 진땀이 몹시 끈적거리는 밤
휴전선 모기는 유난히 사나웠지만
울적하게 흘러드는 고향 생각에
병사는 고요히 혜숙이 노래를 불렀다
피비린내 나는 전쟁의 상처인 듯
저절로 떠오르는 서울역 추억이
언제 가슴에 들어와 자리 잡았는지
희미한 달처럼 실없이 미소 짓게 했다
밤마다 별이 초병 눈 속에 박혀도
험한 세상을 선택한 어린 생명
국경의 꽃은 누가 옮겨주기 전에는
외로워도 살던 곳을 떠나지 않았다

11

징그럽게 대드는 폭력의 공포
졸병을 예사로 괴롭히는 병영에서
휴가 중 혜숙이 노래를 만든 병사가
고향에 농사지을 땅 한 평 없어
말년에 말뚝 박고 직업군인 되었다

누구보다 강단 있는 선임하사가
병사들을 친동생처럼 건사했지만
맡아만 놓고 따먹지 못하는
두엄더미에 자라는 개똥참외 신세
나의 그대는 어디에 머물고 있는지
몇 날을 헤매도 도저히 찾을 수 없었다

과거로 미래를 말하는 현실에서
군인이 만나야 할 인연은 누구인가
그대 그리워 혼자 떠나는 봄
하루 일과보다 느리게 가는 시간
들뜬 마음으로 사랑을 붙잡는 시골다방
차라리 달빛이 밝은 어두운 공간에서
육군 중사는 사랑을 지고 동행해야 할
분꽃 같은 처녀와 맞선을 보았다
길게 마음 졸인 그리움을 삭혀도
오늘따라 전등 빛은 더욱 흐렸다

꽃길을 영원히 함께 걸으리라
누구나 그렇고 그러하듯이
밤 깊은 사랑으로 아기가 태어났다
핏줄은 하나의 끈끈한 빨랫줄
첫사랑 혜숙이 닮은 여자가
어쩌면 오리궁둥이일지도 모를 여자가
날마다 햇빛을 잔뜩 움켜쥐고

꽃잎 같은 사랑의 빨래를 널었다
마음에 남은 추억이 전생의 빚인지
육군 중사는 풀꽃을 밟는 발걸음으로
못다 한 사랑을 줄기차게 퍼부었다

12

어째서 늦밤에 선을 보았을까
밝은 불빛을 피한 이유는 무엇일까
이른 출근과 늦은 퇴근에
아기가 태어나는 일 년 동안
아내가 곰보인 줄 모르고 살았다
시간이 흘러 지금에 와서 알았지만
어찌할까나 끊어낼 수 없는 정을
어찌할까나 물릴 수 없는 현실을
오직 나라에 충성해야 할 육군 중사는
성질 고약한 고참병장이 아니었다
선임하사는 나약한 말을 내뱉지 않았다

남북전쟁이 우리만 있는 게 아니었다
지루하게 이어가던 월남 전쟁이
외국이 참여하는 국제전으로 번졌다
끼니때마다 숟가락 부딪치는 소리
때를 가리지 않고 칭얼대는 아이

오붓한 가족의 시간을 두고 떠나는 이별
아내의 얼굴 얽은 곳마다 깨알사랑이
한 됫박씩 들어있음을 알았을 때
용감한 육군 중사가 서 있는 곳은
고귀한 자유가 허물어진 타국의 국경
태양이 머리꼭대기서 불타는 나라였다

물이 굽이쳐 흐르지 않으면
그 강에 물고기는 살 수 없는데
대륙으로 날아간 철새들은
어느 하늘 아래서 이 밤을 지새울까
전선이 펼쳐진 열대 우림은 무더웠다
감자 같은 별이 머리 위서 빛나도
징그러운 거머리가 살고 있는 정글
전진 또 전진 소리 없는 외침이
후퇴 없는 군인의 본분이었다
오직 명령에 살고 죽는 군인정신이
하늘이 정해준 중사의 운명이었다

13

다시 전선의 아침이 밝아오고
야간정찰을 마치고 귀대하는 시간
전쟁이 아름다운 죽음을 원했다

자유에 몸과 영혼을 바친 사나이
선임하사 가슴에 무수히 총알이 박혔다
슬픔이 겨운 실눈 떴을 때
눈에 맺힌 눈물방울이 수정체인 듯
보이는 풍경마다 커다랗게 다가왔다
점점 하얗게 흐려지는 기억이
고향 땅에 홀로 서 있는 당산나무와
그 아래서 술래잡기하는 아이들 모습을
어둠에 수놓는 반딧불처럼 비춰주었다

어머니 얼굴은 밤하늘의 달
아내의 미소는 눈부신 윤슬
젖물은 아이의 눈동자는 빛나는 별
시절이 보릿고개 넘어가도
낡은 고무신 신고 김매는 아버지
중사의 백 년 인생은 아직 멀었는데
피부에 와 닿는 것은 죽음이었다
야광시계 자랑하던 친구는 어디 갔나
햇살이 내려와 중사의 몸을 덮어도
연신 총소리가 침묵을 깨트렸다
누구도 들을 수 없는 목소리
저 멀리서 혜숙이 노래가 들려왔다

별빛 눈물을 머금은 꽃잎
꽃도 밭에 들어와 살면 잡초인데

화초와 잡초의 경계는 어디인가
백 년도 못사는 인생인 줄 알면서도
가슴에 박힌 대못을 뽑는 것처럼
눈에 익은 잡풀을 뽑아내는 일상
달아나는 목숨을 붙잡으려고
빈손으로 허공을 저었을 때
생각지도 못한 죽음이 찾아왔다
이팝나무꽃 밥을 짓는 어머니
가마솥 아궁이에 불 지피는 아버지
가슴 조인 삶을 이고 있는 아내
젖을 물고 잠든 아이를 두고
육군 중사는 먼 이국땅에서 전사했다

14

이별이 못내 아쉬워 눈물 훔치는
삶과 죽음은 누가 판단하는가
총상 입고 바닥에 떨어진 꽃잎은
싸리나무 아래 납작 웅크린 뱀의 고요
초승달이 나무우듬지에 앉아
곁에 있는 초저녁별 손을 잡았어도
어머니는 아들을 가슴에 묻고
아버지는 아들을 산기슭에 묻고
아내는 남편을 눈물 속에 묻고

모두가 세월의 강을 건너가야 했다
인연의 끈이 끊어진 육군 중사는
현충원 양지바른 곳에 묻히고
청춘이 잠든 묘지는 노을에 물들었다

철조망 가시가 너무 날카로워
더 이상 온기를 나눌 수 없어도
세월은 갈기를 휘날리며 달렸다

국경의 꽃잎이 시들었어도
웃음을 간직한 밤거리 꽃뱀은
막차를 놓친 병사를 유혹했다

영원한 젊음으로 흔들리는
혜숙이 노래 나직이 부를 때
별 하나 빗금 긋고 사라졌다

서로 영혼이 엇갈린 길에
그리움 두고 저 혼자 떠난 사람
기다리는 시간은 더디 흘렀다

죽음에서 태어나는 생명이
이승의 문을 여는 부활인가
그대 이름이 비석에 새겨졌다

15

바다에 홀로 솟아난 돌섬
파도가 밀려와 쉼 없이 부딪쳐도
한번 떠난 인연은 돌아오지 않았다
짧은 하루를 길게 보내도
안과 바깥 온도가 차이 없는 내무반
침상에 누워 고향 생각하던 병사가
낯선 세상으로 영원히 길 떠났다
수많은 사람이 죽어야 끝나는 전쟁이
통치자의 연출인 줄 모르고
교육 훈련 작업으로 지친 병사가
비겁하지 않은 군인의 몸으로 산화했다

세월이 강물처럼 끝없이 흘러도
드넓게 펼쳐진 초원은 비무장지대
빗줄기가 전투처럼 훑고 갔다
저마다 태어난 곳이 서로 달라도
나의 기쁨이 너에게로 옮겨간 흔적
중사의 아들은 대를 이어 군인이 되고
군인은 풀벌레 우는 국경을 지켰다
비무장지대는 최후의 방어선
바람만 스쳐도 몸서리치는 꿈이
또 다른 젊은 병사를 외롭게 했을 때
영혼 없는 말을 지껄이는 통수권자가

아군 초소를 처참하게 폭파했다

이것이 진정 거역할 수 없는
저 하늘에 머무는 신의 목소리인가
앳된 병사는 전역하는 그날까지
초소를 잃어버린 슬픔에 빠져야 했다
오른손 가리키면 왼손을 바라보는
반대 형상을 비춰주는 거울처럼
오로지 왼쪽으로 통치하는 인간이
자유를 허무는 명령을 내렸다
국경을 지워야 통일이 온다는 생각에
아직도 배냇짓하는 꿈을 꾸었다
몇 날을 굶은 전방의 모기가
밤마다 선인장 가시를 들고 대들어도
병사는 긴 밤을 뜬눈으로 지새웠다

16

비무장지대는 위험한 지뢰밭
국경의 꽃은 변함없이 피는데
적을 적이라고 말 못 하는 사람 있다
오늘의 인생은 나를 찾는 것
너와 내가 피로 지킨 이 나라가
맥없이 허물어질까 두려워

젊은 병사는 날마다 속울음을 삼켰다
어둠에서 깨어난 별이 꿈틀거려도
끝 모를 고독을 이어주는 세상
초소와 초소 사이를 중단 없이 달려온
순찰 봉이 병사에게 전달되었다

　북쪽에서 일어난 산불이
　해마다 비무장지대를 태운다

　슬그머니 세월 뒤에 숨어
　봄을 구박했던 여름이 간다

　떨어진 꽃잎이 날리어
　단풍 든 전설을 이야기한다

　앙상한 나뭇가지마다
　눈꽃이 피어 세상이 하얗다

　부서진 초소를 바라보는
　병사가 자꾸만 눈물 흘린다

　전투 중에 총 맞아 숨진
　위대한 죽음을 다시 기억한다

목숨 바쳐 나라를 지키는 몸이

하필이면 최전방에 배치되었을까
물어볼 것도 없이 누군가는
조건 없이 국경을 지켜야 하는데
그것이 바로 군인의 아들 그대였다
영혼의 심지 박고 몸을 태우는 등불에
사랑을 던지는 불나비 같은 젊음이
어느새 흰 눈 세상 설원을 밟고 있다
나무마다 눈꽃 피는 겨울은
하얗게 위장한 적이 침투하는 계절
북서풍이 가슴을 파고들어도
월동준비 끝난 하루가 겨울사랑인지
둥근달이 허공에 닻을 내렸다

17

꽃들이 철 따라 제 모습 보여도
끊어진 조국의 허리는 변함이 없다
등불에 몸을 던진 불나비사랑이
눈꽃 핀 겨울 길을 걸어갔어도
그림자처럼 움직이는 국경의 병사는
긴 목을 더욱 길게 늘어트리고
어딘가에 있을 나의 그대를 생각했다
배추밭 하늘을 너울거리며
꿈을 찾는 하얀 나비는 누구일까

어둠에 묻힌 국경의 밤이 가고
이른 아침 기상나팔 소리 들려와도
나라 지키는 젊은 가슴은 따뜻했다

병사의 사랑 산 아가씨 전설이
바람에 날리어 무장해제하는 봄
산등을 밟고 내려온 햇살이
오직 움직이는 목표물을 감시하는
병사의 식은 몸을 덮어주었다
송곳니 드러낸 찬바람이 떠났어도
철조망을 팽팽하게 조이는 긴장의 끈
초병에게 적당한 타협은 없는데
피로 뭉친 전우애가 끝없이 밀리는
비무장지대에 작년의 꽃이 피었다
오늘도 국경의 풍경은 그대로인데
새둥지 같은 참호의 일상이
월남 땅에서 숨진 아버지 추억인가
총성 없는 전투는 그치지 않았다

죄의식 없이 저지르는 살인이
신이 준 군인의 잔인한 본능이지만
전역의 날이 내일로 다가왔다
죽음을 찾아 헤매던 병사를 위해
이 시대의 영웅으로 치켜세우는
전우들이 한자리에 모여 술잔을 들었다

고향으로 가는 사람을 배웅하는
병사들이 부르는 이별의 노래
너 나 할 것 없이 혜숙이 노래 부를 때
별빛 그리움이 유리창에 얼비쳤다
술잔 속에 빠진 별을 바라보며
화장 짙은 혜숙이 향기에 취했다

18

빈속에 찬물을 들이킨 추위가
아무도 없는 산길 따라 떠나고
봄을 기다린 언 땅이 질척거릴 때
오솔길 따라 걸어온 병사가
가슴 속까지 배어있는 군인의 향기
국경의 꽃 한 뿌리 정성으로 캤다
산기슭에서 멀쩡하게 뒹구는
멧돼지처럼 거칠 것 없는 사나이가
사랑으로 이름 모를 들꽃을 캤다
국경의 꽃이 시들지나 않을까
빠른 걸음으로 산 넘고 물을 건넜다

불길한 땅은 원래부터 없었는데
휴전선을 누가 무슨 까닭으로
조국의 중간지대에 설치했을까

우리는 호롱불을 밝히고 살았다
우리는 공동우물을 길어 먹고 살았다
내 밥 두고 남의 밥을 먹으면
누군가는 굶어야 하는데
그대들은 누구의 밥을 먹고 있는가
목숨 바쳐 조국을 지키던 병사가
휴전선에서 옮겨온 한 포기 꽃
전사한 육군 중사 무덤 앞에 심었다
국경의 꽃이 현충원에 뿌리내리고
햇빛이 눈발처럼 휘날릴 때
별이 된 아버지 음성이 들려왔다

별이 떨고 있는 밤이다
적을 앞에 두고 잠들지 마라
흩날리는 피의 짙은 향기가
국경의 꽃으로 피었나니
소쩍새 우는 이 밤을 지새워라
공산주의나라는 부강해지면
먼저 이웃 나라부터 침공한다
나는 자유 위해 목숨을 던졌고
지금은 먼저 간 전우 곁에 묻혔다
어느 여인이 부르는 사랑노래
아들을 얻은 기쁨에 겨워
춤추고 노래하던 날이 어제였는데
오늘의 병사가 바로 너였구나

남풍이 불어 다시 봄이 오고
국경의 꽃이 지천으로 피어나도
어차피 적은 국경을 넘어온다
이제는 용감한 예비군 몸으로
무자비한 적을 막아라
날마다 나라 지키는 꿈을 꾸어도
적은 남몰래 기습 공격한다
초소 앞 들꽃이 다치지 않게
눈을 부릅뜨고 국경을 사수하던
군인의 시절을 기억하라
생명은 너 나 할 것 없이 소중한 것
햇빛이 아침을 열고 걸어오면
창 넘어 너울거리는 나비가
어쩌면 나인지도 모른다
따뜻한 마음으로 손을 흔들어라
자유가 가슴을 환하게 비춰주어도
군인의 길은 오직 승리다
이등병처럼 두리번거리지 말고
간직한 사내 냄새를 모두 쏟아내라
얼룩진 마음의 창을 닦고
끝없이 밀려오는 저 희망을 보라
우리가 지킨 이 나라가 천국이다
만약에 하늘의 믿음을 가졌다면
종교 탄압하는 무리와 싸워 이겨라
행동하지 않는 믿음은

타락한 자유 영혼 없는 종교다
원수를 사랑하라는 말은
개인의 원한을 용서하라는 뜻이고
종교전쟁은 함께 나가 싸우라는
하늘의 거룩한 명령이다
이 세상은 나 하나가 아니다

2.

비린내

　무엇이든 오래 두면 저절로 비린내가 생긴다. 꽃잎은 꽃비린내, 강물은 물비린내, 무쇠는 쇠비린내 등 많은 비린내가 생기는데, 그중에서 가장 비위에 거슬리는 것이 전쟁의 죽음에서 흐르는 피비린내다.

　하늘에서 빗방울 떨어질 때 물비린내도 함께 떨어진다. 비에 젖어도 천사의 몸에는 비린내가 없는데, 사람들 마음은 비린내투성이다. 몸에 무수히 박힌 역겨운 비린내가 시를 서로 뽑아주는 것이 사랑이다.

　이렇게 비린내가 난무하는 시대에서, 기도하는 사람들은 신의 음성으로 비린내를 지울 수 있을까. 살아있는 비린내를 인간의 관습이라고 치부하기에는 그 뿌리가 너무 깊다. 인간의 인(人)비린내를 다듬는 시대가 바로 지금이다.

비린내

1

하늘이 열리고 바람 불었다
태양이 빛나고 나무가 뿌리내렸다
달이 메밀밭 흰빛 길어 올리면
허공에 점점이 박혀 피는 꽃
잔별이 어둠을 뚫고 내려다보았다
새들이 나르는 눈부신 아침
봄을 위해 추위를 견디는 고통이
새로운 기적인 줄 알았을 때
사람들은 저마다 자유를 꿈꾸었다
강물이 별판을 굽이쳐 흐르고
나뭇잎은 서로 몸을 비벼 속삭였다

꽃 비린내가 안개처럼 흩어져도
세월을 탕진한 죄로 고통받는
사람들의 도시는 소음으로 뒤덮였다
날면서 뒤돌아보지 않는 새처럼
질식하는 시간을 피해 달아나도
찌든 일상에 얽매인 삶의 비린내는
하얀 가슴에 까맣게 달라붙었다

이미 침울한 분위기에 취한 풍경
마음의 질서는 한순간에 무너지고
가쁜 숨을 참고 달리는 인생은
저마다 비틀거리는 현기증을 앓았다

유리 천장이 쏟아내는 조명
빛의 비린내가 사방으로 흩어지고
탁자 위에 서 있는 빈 술병이
흘러간 시간을 반사해도 놀라지 않는
사람들은 늦밤까지 술을 마셨다
적어도 술 한 병 더 시키기 전까지는
남의 말을 치사하게 물어내지 말자
술꾼들의 공허한 목소리에
마음의 다짐은 반달처럼 이지러지고
생의 얼룩 건조한 대화가 끝났을 때
부슬부슬 내리는 가로등 불빛이
술 비린내가 가장 어지럽다고 말했다

2

술 취해 곯아떨어진 이슥한 밤
술이 섞인 피를 마음대로 뽑아먹은
모기가 허공을 비틀거리며 비행하다
날개 힘이 빠졌는지 벽에 앉았다

소주를 쉼 없이 들이킨 숙취 때문에
목이 말라 일찍 일어난 아침
꿈속에 돋아난 사연을 죄다 잊고
전자 모기 채 들고 노려보았을 뿐인데
보이지 않는 전류에 닿은 생명이
이내 살타는 비린내를 풍겼다
탄생은 무엇이고 죽음은 무엇인가
우리 사는 세상은 공짜가 없다고
백태 낀 눈으로 미세한 죽음을 보며
자폐증 앓는 영혼이 중얼거렸다
오늘도 어제처럼 부산하게 출발했어도
벌써 돌아갈 채비하고 있는 오후
샘물이 마른 가슴에 탁류가 흘렀다

상처에 새살이 돋아나는 고통
이름 없는 꽃도 때를 알고 피는데
미워하는 마음은 얼마나 허무한가
아름다움은 무조건 선한 것이기에
아름다운 사람이 지은 죄는 무죄라고
그 여인의 잘못을 용서하는 시대
누가 빛으로 어둠을 칼질할 수 있을까
처음부터 시끄러운 사람들의 시장
너는 왜 그렇게 말이 없느냐
벌거벗은 채 좌판 위에 나란히 진열된
죽음에게 다가가 삶을 물으면

신선도 따라 가격이 서로 다른 생선이
바다 비린내를 사정없이 풍겼다
멀고 먼 세상 끝으로 부는 바람이
한번 떠나면 돌아올 수 없는 이별인데
노을 꽃 인생은 지루한 밤을 기다렸다

3

사람은 미우나 고우나 하나같이
하나님 형상으로 태어났다
모든 신이 죽음을 움켜쥐고 있다는
거짓말이 진실을 질리게 했어도
입 다문 꽃봉오리는 남몰래 터지고
꽃잎은 꽃 비린내를 흩날렸다
심장이 멈춘 한해살이풀의 가을
쓰임이 없어 더 이상 기다리지 않아도
철새는 단풍 비린내를 밟고
멀고 먼 대륙을 가로질러 날아갔다
고향 가는 본능의 날개를 펼치고
연신 하늘에 울음을 힘겹게 쏟아내며

부는 바람이 슬픔을 아물게 해도
천근만근 무거운 고통이
사람들의 몸을 짓누르는 일상

눈물 없는 울음은 어디도 없다고
한순간 뒤틀린 심사로 떨어진 꽃잎이
끝 모를 허공 속으로 사라졌다
언제나 잊고 싶은 죽음의 세상은
하얀 꽃잎이 머무는 마지막 공간
풍요보다 다산을 기원했던
마음이 머무르는 영원한 안식처였다
쉼 없이 드나들었던 생의 문간에
형체를 알 수 없는 침묵이 기웃거렸다

저 인간은 죽지도 않아
남자를 독하게 구박하던 여자가
막상 남자가 죽자 여자는 일부러
사람들 앞에서 설음을 울먹였다

하늘이 한꺼번에 무너진
세상 슬픔을 혼자 짊어진 것처럼
죽은 남자가 불쌍해 미치겠다고
여자는 괴로움을 쉼 없이 토해냈다

이미 사랑의 불이 꺼졌는데
남자 비린내가 더 이상 필요할까
맹물이 끓어 넘치는 허무한 시간
살아있는 바람이 죽음의 문을 두드렸다

4

무엇이 믿음의 속살을 파먹었을까
먼저 말을 걸지 않는 자존심이
작은 불씨가 되어 활활 타오르면
사람들의 관계는 끝내 재로 변했다
가로등불빛 그늘이 하얀 거리
영혼을 구속에서 해방시키는
고독을 견디는 처방약도 소용없이
목안이 숨 막히도록 부어올랐다
지치도록 가슴에 구멍 뚫어도
결국 불을 찾아 떠나는 불나비사랑이
기어이 죽음의 비린내를 끌고 왔다

나에게 아무 말이라도 해줘
나뭇잎 흔들고 사라지는 바람이
꽃잎 떨어지는 이유를 물어도
누구도 떠날 때를 말하지 않았다
더 이상 벗어날 수 없는 운명은
눈물 훔치는 이별과 상관없다고
새들이 나뭇가지에 앉아 지저귀어도
저마다 절뚝거리며 걷는 도시
가을 길 낙엽처럼 붐비는 시장통
날 것에 환장한 사람들이
꾸역꾸역 비린내 앞으로 모여들었다

비린내에 익숙한 손놀림이
생선 토막을 개운하게 처리하는 시간
사람들은 무슨 신을 섬기고 있기에
자꾸만 십자가 의식에 빠져드는가
마음을 움직이게 하는 것은
작은 사랑을 간직한 말 한마디인데
물고기 형상 모자를 쓴 사제가
갈 곳을 알고 있다며 하늘을 가리켰다
무조건 기다리는 것이 믿음이라고
별 하나가 한 사람의 영혼이라고
덩달아 손가락으로 밤하늘을 찔렀다

5

가슴에 담을 수 없는 물거품
그리움이 파도처럼 밀리던 날
남자들은 홀로 뜬 낮달을 바라보며
여자의 마음이 꿈틀거린다고
서로 남의 말처럼 중얼거렸다
죽은 줄 알았던 고목에서 돋아난
새순이 사랑은 주는 거라고 말해도
서로 등지고 사는 빛과 그림자
가슴에 촘촘히 돋아난 빨판이

쾌락으로 기도를 소멸시키는
그대 비린내를 집요하게 끌어당겼다

서로 사랑을 전하지 못했어도
우리가 죽으면 정말 별이 될까
어둠이 짙어야 더욱 밝아지는
별 하나 바라보는 눈동자가 빛났다
밀물진 바다 비린내를 헤집고
만선 깃발을 꽂고 돌아온 어부가
죽어서도 눈알을 부라리는
토막 나지 않은 물고기 이름 불러주면
어시장 좌판에 진열된 생선들이
잃어버린 숨을 다시 찾을 수 있을까
눈물은 슬플 때만 필요한 것인지
하늘의 믿음을 원하는 사람들이
생선비린내를 남김없이 빨아먹었다

바람 불어 꽃잎이 흩날리고
떠나지 못한 철새가 슬피 울어도
어둠 속에서 눈 뜬 별들은
서로 둘러앉아 한 가족처럼 살았다
어촌의 가뭄 든 보릿고개
뜯어먹을 것이 해초밖에 없는지
아낙들은 썰물 지는 갯바위에
조개처럼 다닥다닥 붙어 앉아

심해로 돌아갈 수 없는 비린내를 땄다
눈에 밟히는 그리움이 물결에 실려
멀고 먼 고향 수평선을 넘어갔다

6

나비는 꽃에서 꿀을 따지만
꽃잎에 상처를 남기지 않는다
하루 종일 꽃향기를 살갑게 날려도
밉게 보면 잡초 아닌 꽃이 없다
새살이 돋아 상처를 지우고
슬픔이 가득한 비린내마저 지워도
얼룩진 흉터는 지울 수 없다
언제나 맨발로 여행하는 자유
낯선 객지에 어떤 비린내를 파묻어야
흘러내리는 눈물이 끝이 날까
바다 가운데를 가로지르는 철새가
세상 끝을 날아도 지치지 않는 것은
날마다 단단한 뼛속을 비워
몸을 가볍게 만들었기 때문이다

무엇이 그토록 원하는 영생인가
떠나면 언제 만날지 모르는 인연
눈앞에 얼쩡거리는 이별이

가슴을 파고들어 사랑을 밀어내는
헛된 믿음이 상처를 키웠다
가질 것 다 갖고 살면서도
별이 사라지는 새 아침이 두려워
슬픈 기도로 신을 찾는 영혼은
뜬구름처럼 하늘길을 잃고
뒤척이는 밤 비린내를 더듬다가
고독의 그늘에서 혼자 몸부림쳤다

열병에 시달리던 잎새의 사랑이
낙엽 비처럼 한바탕 쏟아지고
생각지도 못한 된바람이 몰아치는데
기도하지 않으면 잠시도 견딜 수 없는
외로운 마음은 어디에 뿌리내릴까
지금은 실직자의 게으른 아침
나는 언제 죽을 건가 신에게 물었더니
불타는 태양이 하늘 높이 솟았다
생의 발자국이 몹시 어지러워도
사람 차별하지 않는 꽃잎들
몸 가벼운 영혼이 저 혼자 길 떠날 때
한 마리 나비가 허공을 너울거렸다

7

마치 산책길을 걷는 것처럼
오늘도 새로운 세상을 맞이하는데
바람 불어 땅에 떨어진 꽃잎이
고단한 삶의 언덕에서 뒹굴고 있다
내 눈물로 그대 슬픔 닦아주는
그날이 어서 오기를 기다리며
손 내밀어도 닿지 않는 하늘 바라보면
빛나는 태양이 눈알을 부라렸다
세월이 물처럼 낮은 곳으로 흘러도
끝이 송곳보다 뾰족한 첨탑
누구나 쉽게 올라갈 수 없는 천장에
사람들은 비린내 풍기는 종을 매달았다

늦잠 깨우는 아침햇살이
하루 인연을 빛으로 묶어도
낯선 객지서 떠도는 몸
부레옥잠은 강물에 뿌리내렸다

시간이 흐느적거려도
속울음은 단단한 응어리
쉼 없이 돌아가는 인생맷돌이
눈물 비린내를 무겁게 갈았다

하루 종일 균형을 잃고
더욱 큰 목소리로 우는 고통
종소리는 어디서 오는 걸까
사람들은 다시 눈을 부릅떴다

멈출 수 없는 시곗바늘에 붙어
일상을 고단하게 밟고 살아도
늦잠 자다 놓친 시간은
두 번 다시 돌아오지 않았다
언제나 기억 속에 떠도는 원망이
밤새도록 뒤척이다 생긴
지울 수 없는 흉터인 것을 알면서도
병든 잎새는 저 혼자 떨어졌다
영혼의 절대적인 고독으로
아무렇지 않게 창문을 열고
등불 밝히는 것을 운명이라 하기에는
가슴에 머무는 그리움이 너무 비렸다

8

슬픔이 물결치는 피 비린내
잔혹한 전쟁으로 숨진 사람들은
마지막 순간 어떤 소원을 빌었을까
하늘에 닿아야 구원을 받는 기도

생선모양의 도포를 걸치고
좁은 문을 열고 나와 위로하는
늙은 사제의 말을 기억하며 숨졌을까
언제나 습관대로 말하는 믿음이
천당과 지옥을 구분하는 눈빛인지
파도에 부대끼는 외딴섬 같은
외로움을 뒤적거려도 소용없었다

여린 싹을 끊어 무쳐먹던 시절
봄 산에 뿌리내린 키 작은 나물은
무지개빛 색동옷 입은 아이들에게
얼마만큼 사랑을 주었을까
둘러친 울타리 안에서 신의 뜻으로
비린내를 사방에 흩뿌리는
사제가 하늘의 섭리를 강요해도
아이들 웃음소리는 들리지 않았다
믿음을 확인하는 곳이 거기뿐인지
노예들은 자신과 아무 상관없이
사제를 대신해 억울하게 죽었다

대체 우리는 어디로 흐르는가
현실을 외면하고 멀리 달아나도
예수 천국 불신 지옥으로
눈뜨는 아침부터 협박하는 사람 있다
서로 부족한 곳을 메워주는 동행

철새는 바다건너 사랑을 물고
눈부신 햇빛이 소나기처럼 쏟아지는
벌판을 가로질러 여기까지 날아왔다
시든 잎만 골라 떨어트리는
바람도 대차게 밀어내지 못한 비린내
신의 말을 부정하는 사람이 늘어났다

9

하루의 반을 움켜쥐고 흘러간
노동의 흔적이 뚜렷한 자리
빈속을 건드리는 허기가 밀려왔다
일 년 내내 굶주리는 노숙자들이
비린내 나는 음식을 구걸해도
사람들은 자신과 상관없는 일이라고
그냥 지나쳐도 잘못은 아니라고
하나뿐인 양심을 허공에 던졌다
누구나 도착하는 곳은 세상 끝인데
뭇사람이 기다리는 신의 손길은
어째서 하늘에만 머물고 있을까
뜰 앞의 꽃잎이 저 혼자 웃었다

부활을 숭배하는 거룩한 상징
십자가를 아무데나 꽂아놓으면

모두가 스스로 믿는 신앙이 되었다
바다에 아무리 큰 그물을 드리워도
물고기를 다 잡을 수 없는데
본래 형틀이었던 과거를 가진 십자가는
길거리 곳곳을 분주하게 배회하며
내가 영생을 얻는 믿음이라고 말했다
서로 다르게 하늘의 별을 헤아리며
뿔뿔이 제 길을 찾아가는 마음
수만 가지 종교가 세상을 떠돌고 있다

상처 난 마음을 덮는
새살은 징그러운 비린내
숨을 닫아버린 사랑의 꽃잎은
언제 신의 손을 붙잡고
꽃밭을 떠나 하늘에 도착할까

바람이 땅으로 불어도
하늘에는 보이지 않는 인연
어제의 희미한 흔적으로
오늘을 지켜보는 비린내가
결국 병든 잎새를 떨어뜨렸다

하늘에 어둠이 깔리면
지붕위에서 빛나는 십자가
뒤로 한발 물러서서 바라보면

　　별빛과 서로 구분되는데
　　침묵은 낮은 곳으로 흘렀다

10

강물처럼 흐르고 싶은 마음
누구나 앉아 죽으면 등신불인가
갈잎 우는 창밖을 내다보면
이렇게 힘겨운 날 밥은 먹었어
달이 나뭇가지에 걸터앉아 웃고 있다
바람벽에 묵은 신문지 바르고
회부대종이 몇 겹 바른 방바닥에
콩을 으깨 들기름 섞어 콩댐하고 살던
그 시절을 저 달이 말해주는데
식솔들은 제 길 찾아 떠나고 없다
지금은 홀로 어둠을 헤집는 별 바라기
구차한 목숨 어디다 내버려야
하늘이 비린내를 분리수거할까

세월가도 변하지 않는 기억
눈부신 햇살에 놀라 달아나는 풍경
철새가 날아가는 이별의 길목
하늘의 품이 그렇게도 그리웠는지
정화수 떠놓고 빌던 여인이 떠났다

찬 서리 내린 흰머리가 황혼인지
검은 연기 내뿜으며 달리던
증기기관차 시절도 아득히 사라졌다
날마다 똑같은 모습을 보이는
오늘이 가야 내일이 온다고 믿었지만
오직 붉은 색으로 물든 황혼이
노인들에게 슬픔의 족쇄로 채웠다

오늘보다 좋은 내일이 와도
철새는 무리지어 허공을 날았다
구름을 걷는 꿈이 못내 아쉬워
뼈 속을 죄다 비우고 바다 건너갔다
지나온 길을 뒤돌아보지 않아도
빈들에 주저앉아 우는 모습이
죽을 때까지 잊을 수 없는 가난인데
아침에 눈 뜨니 다시 오늘이었다
붉은 꽃이 만발한 본능의 상처
자살 당하는 사람이 즐비한 시대에
정치세상은 어떤 기도가 필요할까
믿음이 짙은 예배당 종소리가 울어도
피비린내가 국민의 가슴을 적셨다

11

낮은 곳을 찾아 흐르는 물이
막히면 돌아가고 막으면 넘어가도
악착같이 가슴에 붙어있는 욕심은
몸과 상관없이 영혼을 움츠리게 했다
신음을 토해내는 가슴앓이
낯선 바람이 꽃잎 목덜미를 물어뜯는
내가 지은 죄는 내가 알고
네가 지은 죄는 네가 알고 있는데
아직도 죄의 부스러기가 흩어지고 있어
새벽별 잡아먹은 아침이 왔다
햇살가시가 오직 태양을 사모하는
해바라기 눈을 찔러 눈물 흘리게 했다

신의 목소리가 들리지 않아도
무덤 앞에 꽂아놓은 십자가는
영혼이 하늘에 도착했다는 표시인데
눈물을 한가득 채워 빈곤한 가슴
가끔 구름이 그늘을 드리웠다
종교 관습이 무언지 모르는 무덤으로
별 하나 아득히 곤두박질치는 밤
남을 미워했던 사연 모두 잊은 채
속병 도진 오늘의 베개를 베고
흐린 달빛을 끌어 덮고 잠들었을 때

창밖에서 낙엽이 바스락거렸다

떼어내도 악착같이 달라붙는
믿음이 어둠의 문을 열어주는 곳
세상에서 가장 작은 교회는 가슴이다
세상에서 가장 큰 교회도 가슴이다
하나뿐인 목숨 마지못해 던지는
자살의 신은 어느 하늘에 머무는지
저녁노을 등에 지고 돌아오는
작은 새에게 물어보면 대답할까
피의 상처보다 마음의 상처가
더 아픈 것이라고 슬프게 지저귀며
이별의 갈림길에 혼자 서 있는
외로운 영혼에게 그 말을 전해줄까

12

날마다 차가운 눈물을 닦는
그대는 언제부터 시든 꽃잎이었나
침몰하는 사랑을 하소연해도
살을 발라먹고 앙상한 뼈만 남은
야윈 가슴에 슬픔이 넘치도록 고였다
먼 들에서 하릴없이 너울거리며
사랑의 비린내를 흩날리는

저 나비는 어느 꽃잎에 닻을 내릴까
나무가 묵은 껍데기 벗어도
내 몸 하나 건사하기 힘든 날
충성하다 자살당한 사람은 누구이고
자살의 사연을 선사한 사람은 누구인가
비정하게 미친 정치가 날뛰는 시대
지켜보는 가슴이 녹슬고 말았다

내리는 눈이 꽃 비늘이라는 착각
믿음에 매우 허약한 사람들은
불빛에 환장한 불나비처럼
손끝이 피멍 들도록 비린내를 헤집었다
하늘이 정해준 명대로 살아야 할
사람의 목숨은 바위보다 무거운 것인데
피비린내 무성한 권력을 숭배하다
불리한 진술의 입을 막기 위한
보이지 않는 어둠의 손에 이끌려
가족 몰래 자살당한 사람이 생겨나
강물이 하루 종일 하구로 흘렀다
비바람이 천년 두고 불어도 변하지 않는
비석에 무슨 사연 적어야할지 모르겠다

꿈꾸는 별이 되자는 약속
그 말이 죽음 앞에서 필요할까
날마다 무릎 꿇고 기도해도

비린내가 파랗게 흐르는 하늘
눈물 고인 사랑이 무슨 소용인가
원망에 얽매인 미움을 버리고
눈 부신 햇살에 풀잎 이슬 마르는
고요한 아침 길을 걸을 때
날지 못하는 새의 슬픔처럼
화장터로 출발하는 사람이 있다
덧없이 흐르는 세월 앞에서
이 시대의 선구자처럼 굴었어도
유리창에 저녁노을 흐르고
어느새 별들이 눈을 떴다
하늘에 올라 별이 된 죽음이
가는 세월은 붙잡는 게 아니라고
침묵을 끌어당기며 말했어도
저 산 바위는 꿈쩍하지 않았다
아무리 둘러보아도 시끄러운 세상
기억에 집착하는 사람들이
반반한 돌에 죽은 이름을 새겼다

13

이미 할 일을 모두 끝낸 무덤
흰소리 반복해 지껄이던 사람이
찬 바람 부는 겨울나라에서

한가하게 무소유 찾다가 굶어 죽었다
자신의 색깔을 내보이기 위해
아득히 사라진 기억을 더듬는 시간
멍든 파도는 쉼 없이 밀려오고
비린내 실은 배는 수평선을 넘어갔다
스러지는 순간에 별이 되고 마는
사람이 사람을 죽이는 전쟁에서
원수를 사랑하라는 말이 무슨 소용인가

평범하게 살아도 회개하라는
하늘의 뜻은 거역할 수 없는데
한 생애가 떠나는 마지막 길목에
어째서 신의 모습은 보이지 않는가
산보다 높고 바다보다 깊은
신의 무거운 오지랖 앞에서
나의 눈물로 너의 눈물 닦아주면
눈물의 강은 마를 날 있을까
날이 갈수록 더욱 깊어지는 슬픔
떠나는 영혼을 위로하는
장례 행렬이 비린내에 휩싸여
상엿소리 들으며 산으로 들어갔다

아침을 휘감고 핀 나팔꽃이
들리지 않는 나팔을 힘차게 불어도
밤이 오면 불나비는 등불에 뛰어들었다

세월의 잡초가 뒤덮은 무덤에
내 안에서 자라는 죄가 뿌리내려도
살아있는 사람은 별이 되지 않았다
매서운 바람에 여러 번 쏘이고
연약한 살갗에 소름이 싸늘하게 돋아도
꽃과 나비 사이를 의심하고 살았다
웃는 날보다 고통의 날이 많은
허무한 믿음이 몸을 휘감는 세상에서
우리는 누구에게 소용이 될까
물을 것 없이 한데서 잠든 무덤을 보라

14

내 사랑을 그대에게 주입하는 일
나비가 꽃잎에 앉을 때마다
바람이 피부를 간지럽게 비질했다
어깨에 쌓인 눈을 털어내는
겨울바람과 상관없는 투쟁이지만
나비는 기쁨의 눈물이 흐르도록
꽃잎가슴을 긴 대롱으로 건드렸다
사는 동안 피할 수 없는 숙명
꽃잎을 붉게 물들인 나비가
비틀거리며 허공을 붙잡고 날았을 때
꽃잎은 지고 사랑의 열매가 맺었다

가는 길 가로막는 사람 없어도
아무렇지 않게 길마다 어둠이 내렸다

　　낮달이 하늘을 저어가도
　　누구도 대신할 수 없는
　　민초의 가슴앓이가 도졌는데
　　의사당 쓸데없는 사람들은
　　말싸움하다 입술이 부르텄다
　　그들이 한꺼번에 죽는다 해도
　　진정 놀라지 않을 사람이
　　이 나라에서 나 혼자뿐일까
　　오늘도 더러운 말을 내뱉는
　　막말을 귀 막고 들을 때
　　길고 긴 하루의 불이 꺼지고
　　밤하늘에 별들이 눈을 떴다
　　밤새도록 속앓이하는 나에게
　　종교 탄압하는 무리가 사탄이다
　　종교인은 일심으로 단결하여
　　악마를 더불어 몰아내야 한다고
　　젊은 별이 나직하게 말했다
　　별들이 눈을 감고 있어도
　　그들은 흉측한 거머리 빨판으로
　　비린내 한가운데를 물어뜯었다
　　참기름처럼 번들거리는 얼굴
　　무엇이든 극에 달하면

다시 제자리로 돌아오는 것
의사당 없는 세상을 꿈꾸었다

신은 저 하늘 어디에 있는가
머리 꼭대기서 태양이 이글거려도
무언의 폭력 핏빛 사상을 가진
예배당 신부는 왜 그렇게 많은지
몇 날 며칠을 생각해도 진정 모르겠다
날카로운 송곳니를 드러내고
식전부터 머리 터지게 싸움박질하는
수챗구멍 날파리 같은 정치가
하얀 가슴을 피비린내에 물들게 했다
내 앞에 있는 적은 반듯이 섬멸하라
가슴 깊이 새긴 군인정신이 꿈틀거렸다

15

비린내에 환장한 개처럼 들에서
다른 사람과 몸을 섞으면 야합이다
아무 때나 붙는 역겨운 현실
불순한 뜻을 합친 정치도 야합이다
꽃잎이 나비하고 붙어먹은 소문이
이제 와서 서로 무슨 상관인가
어차피 뿌린 대로 거둔다는 말은

고단하게 보릿고개 넘어간 기억
살아있는 정신마저 혼미한
오직 차가운 눈물뿐인 그 시절이
끼니 잇기 힘든 날을 다시 끌고 왔다

나뭇잎을 무수히 떨어뜨린
찬바람이 골목길 곳곳에 남았는데
겨우내 멍울진 꽃봉오리
매화 꽃잎이 오는 봄 길에서 터졌다
무덤에 어떤 사연을 묻었는지
아무것도 모르고 패싸움하는 정치가
사랑의 울타리 싸그리 부수고
아무는 상처의 시간마저 지웠다
무엇을 해야 나라를 위한 기도인가
가슴에 슬픔의 비늘이 돋아난
흰나비가 배추밭 하늘을 떠날 때
빗방울 떨어져 바닥이 질척거렸다

눈앞을 가로지르는 철새가
날갯짓을 지치도록 반복해도
비린내가 끝없이 파고드는 가슴
그리움의 애벌레가 스멀스멀 기어서
어둠이 깔린 별 밭으로 들어갔다
속상한 넋두리를 길게 늘어놓아도
더 이상 쓸모없는 낡은 빈집

기어이 뒷모습이 쓸쓸한 아침이 왔다
오늘도 막말에 찌든 사람들이
분주하게 묵은 먼지를 털어내고
즉시 잊어야 할 사연을 접었을 때
저녁이 노을빛에 취해 비틀거렸다

16

사람들은 신이 입력한 기억대로
군소리 없이 살아야 하는가
자식을 먼 산에 묻고 오는 슬픔이
가슴 속에 선명하게 남았어도
신의 뜻이라고 말하면 그만인가
작년부터 처마 밑에 놓여있던
물통에 빗물 고이고 물벌레 생겨났다
얼룩 비린내에 빠져 허우적거리다
단 한 번의 벼락에도 놀라고 마는
그 목숨 부지하려고 아우성치는
인간의 본능은 도대체 알 수 없지만
노동자 얼굴 붉히게 한 소주 한 잔이
일상 탈출하는 황홀한 시련이었다

  태풍이 상륙한 섬처럼
  이미 초토화된 노동자 꿈이

어둠의 깊은 수렁에 빠져
이 밤이 다 가도록 허우적거렸다

언제나 현실은 그대로인데
지루하게 이어가는 장마에
과수원 과일이 통째로 곯아
가난이 샘처럼 쉼 없이 솟아났다

짙은 비린내가 꿈틀거리는
마른 가슴에 흙탕물이 넘쳐흘러
눅눅한 어스름이 깔리는 거리
노동자의 하루는 너무 길었다

생의 부두가 아득히 멀어지고
혼자 여행하는 외로운 뱃길
잔잔한 가슴에 어깃장 놓는 태풍이
때로는 무엇이든 집어삼켰다
빗물 대신 눈물이 가슴 적시는
허약해진 기력은 무엇으로 채워야 할까
외로움과 그리움 사이에 끼어있는
아예 푸른 파도를 외면하는 섬이
바다 비린내는 풍기는 것이 아니라며
어쩌다 뭍으로 돌아가는 배
붙박이 신세로 저 혼자 바라보았다

17

투명한 소금 빛이 깔려있는 도시
생선비린내 통째로 구워 먹어도
햇볕을 쬐고 있는 겨울 끝자락에
일제히 매화꽃 향기가 휘날리고
타락을 숭배하는 봄이 왔다
절대로 일방적인 것이 아닌 인연
죽음이 깃든 상엿집 문이 열렸을 때
가슴 아픈 사연을 싣고 떠날
꽃상여가 드넓은 벌판에 차려졌다
하나같이 지은 죄를 모르는
인간의 죽음은 어디서 출발하는가
들꽃이 타락의 창고를 허물었다

이름 모를 슬픔이 흐르는 한강
비린내가 뒤덮고 있는 의사당
일몰이 황토물을 꾸역꾸역 토해냈다
절망이 물결치는 강변을 걷다가
어지러워 등을 다리 기둥에 기댔을 때
누가 내 이름을 다정히 불렀다
날마다 손을 씻는 조약돌 마음으로
실눈 뜨니 하늘에 별이었다
강바람에 허리 구부러진 영혼은
언제 멀고 먼 인생 종점에 도착할까

땀에 찌든 하루살이 노동자는
언제 강물에 들어가 고통을 해감할까
오늘을 견디어내는 시련이
아무 데나 내다 버린 신의 믿음인지
암만 생각해도 나는 도대체 모르겠다

비린내에 찌든 욕심이
질투의 화산처럼 솟구쳐도
더 이상 비어낼 게 없는 마음
밤길을 혼자 걸어가다
돌부리에 채어 다리 다쳤다
날이 가도 아물지 않는 상처
산등에 앉아있는 바위처럼
속울음을 길게 삼키면
바람 불어 그리움이 물결쳤다
겨울 내내 지겨운 허기
바닥을 긁어도 비어있는 쌀독
꽃잎 떨어진 아픈 기억이
속에서 스멀스멀 기어 나왔다
배앓이하다 부황 든 몸이
풀뿌리 씹어 삼키던 시절인지
가끔 빗물에 가슴 적셔도
봄 길에 얼비친 생의 흉터는
그 누구도 지울 수 없었다
싸라기처럼 쏟아지는 별빛

나는 대체 무엇으로 흐르는가
설원에 피어난 얼음꽃이
죽음의 공포에 질린 믿음인가
대놓고 비굴한 얼굴 보여도
날마다 고단한 수레바퀴
성난 파도와 쉼 없이 싸워야 했다
꿈이 사라지는 애처로운 모습
익어가는 나이를 말 못 하고
저녁노을 붉게 물든 선술집에서
한잔 술에 취해 비틀거리다
밤바람 불어 흰 손을 흔들었다
강물 따라 흘러가면 그만인데
나만 되고 너는 안 되는 세상
어쩔 줄 몰라 눈물 흘리면
속이 새하얀 빙하의 비린내가
시끄러운 세상으로 녹아내렸다

3.

길

과거로 질주하는 기억의 길이 서로 엉겨 붙은 채 녹슬어가도, 모든 사물은 제 자리에 있을 때가 가장 아름답다. 영혼이 보이지 않는 몸짓으로 단순하게 하늘 길을 걸어도 길의 본질은 변하지 않는다.

혼돈이 지배하는 시대에 낮달의 독백을 듣는 것이 즐거워, 고향의 기찻길 화단은 해마다 꽃을 피운다. 키 작은 풀꽃 하늘에 자목련 붉은 꽃이 다닥다닥 매달리면 비로소 마을길이 생각난다.

기술이 발달한 예측 불가한 현실에도 자연의 음성을 듣는 길이 있다. 그대로 도시에 옮겨 놓을 수는 없지만, 굴절되지 않는 독창성을 가진 신작로는 만들 수 있다. 누구에게나 공정해야 한다는 진리를 무너트린 법이 구부러진 길을 걷는다.

길

1

바깥세상과 경계를 긋는 감각
지고 가진 못해도 먹고는 간다는 술
그 녀석이 미련하게 술에 찌들어 죽었다
없다가도 있는 것이 돈이라고
갈 길을 가는데 억울할 게 없다고
빈손으로 왔어도 마음먹기에 달렸다고
남 탓을 곰파지 말고 남자답게 살자던
그 녀석이 짧은 기억을 토해놓고
영원히 꽃잠 드는 하늘나라로 갔다
내외는 서로 걸맞아야 잘산다고
곰하고 사느니 여우하고 사는 게 낫다고
마음에 드는 여자 고르다 장가 못 간
친구가 동기간에 의 끊어놓고 길 떠났다

송장이 누워있는 곳은 장례식장
절 두 번 받았으면 볼 장 다 본 건데
꺼내먹을 음식이 가득 있어야 할
냉장고에 네가 들어가 몇 날을 머물 줄
이 시간까지 나는 까맣게 몰랐다

본래의 알과 새끼를 둥지 밖으로
비정하게 밀어내는 탁란의 시대에서
부패하는 것이 오직 시체뿐인가
오늘은 술잔을 부딪치지 않는 날
오늘은 남자 건 여자 건 건배하지 않는 날
고정된 인생길을 걷는 고향의 옛 친구들
촌놈들에게 걸려 식전부터 술 퍼마실 때
빚내서 겨우 장만한 집 양철지붕에
공술 마시고 주정하는 것처럼 찬비가 내렸다

하늘이 낼 때는 고귀한 존재였지만
이미 술주정꾼이라고 동네 소문났는데
어느 여자가 속없이 시집오겠느냐
손이 없는 바람도 수시로 만지는
그녀의 치맛자락 한번 들춰보지 못하고
날마다 술로 생을 이어가던 친구가 떠났다
도대체 친구 의리가 무엇이기에
죽음의 길도 함께 손잡고 가고 싶은가
하늘길 날아가다 지친 기러기들이
수시로 선두자리 바꾸는 지점
별과 별 사이를 밤새도록 헤집으며
언젠가는 먼 곳으로 떠난 너에게로 가겠다

2

바람이 거칠게 들이닥쳐도
태풍의 중심은 언제나 빈 공간인데
메마른 대지에 물 한 모금 내뱉고
가뭄이 해소되었다고 말하는 정치인
친구야 이 꼴 저 꼴 보지 않으니 좋으냐
처음부터 꿈을 잃어버린 삶처럼
한 번도 두근거리지 않는 가슴
결국 허공을 저어가던 달이 가라앉았다
뻐꾸기 잔인한 본능을 숨긴 채
서로 다른 이야기하는 사람들 틈에서
저 혼자 빠져나와 하늘 날아간 친구야
너는 저세상이 그렇게 좋으냐
시작과 끝이 한 곳에 있는 줄 모르고
선한 사람도 정치의 길로 들어서면
단지 그들만의 흉측한 모습으로
거리에 흘린 음식 대놓고 쪼아 먹었다

뭐가 달라도 다를 거라는 믿음
그대 없으면 죽는다고 간수 마셨던
어느 여자의 목숨 바친 사랑이 잠들어
모두가 죽음처럼 곯아떨어진 밤이면
억누르지 못한 슬픔이 살아 꿈틀거렸다
찢어진 어둠의 천을 깁던 별들이

밤바람에 시달리는 갈잎 강으로
그곳이 공동무덤인 듯 연신 추락해도
고단한 사람들은 꿈속에서 끙끙 앓았다
성공과 실패는 다 내 탓이고
살아남는 길은 오직 연습뿐이라고
생의 투쟁을 이어가는 사람들이
심해 같은 어둠에서 휴식을 꺼냈을 때
길가의 풀잎이슬이 몸살 앓아야 하는
눈부신 아침 해가 하늘 높이 떠올랐다

3

하늘에 눈썹달을 그리는 초저녁
어스름을 밟고 집으로 돌아오는 길
등허리가 구부러진 아버지는
힘들어도 힘들다고 말하지 않았다
자식들에게 속살을 모두 파 먹히고
하현달처럼 희끗 말라간 가슴
퇴행성관절염을 앓는 어머니는
현기증이 무릎까지 번져 뒤뚱거렸다
맨땅을 딛고 힘겹게 일어서도
치 떨리는 분노로 무장한 현실
가는 길이 굽은 길인 줄 알면서도
우리의 어버이는 그 길을 걸어갔다

길이 끊어져 고립된 고향
당신은 저 하늘 어디에 있는가
머리 꼭대기서 이글거리는
태양빛에 쩔려 그을린 몸으로
일 년 내내 눈물 나게 살았는데

무작정 대지를 끓이는
열대야 여름은 그렇게 떠나고
가을이 와도 가진 것 없는 당신
철새 따라가고 싶은 마음에
어스름이 내려 객지는 서러웠다

이별의 눈물 닦아줄 새 없이
이미 별이 되어 빛나는 영혼
살아서는 만날 수 없어도
고향에서 자란 곡식으로 마련한
한 끼니 밥 당신에게 주고 싶다

이슬 마른 길에 바람마저 잠들면
나뭇잎은 무엇으로 흔들릴까
핏줄의 인연으로 만난 가족끼리
두레상에 둘러앉아 허기 메우는 저녁
그까짓 불빛 사랑이 뭐라고
흐린 전등불에 불나비가 뛰어들었다

절벽에 붙어있는 위험한 잔도길 생에서
죽으려면 무슨 짓인들 못 할까
애써 울음 섞인 밥 한술 삼켰어도
그 시절이 행복했다고 말하는 것은
함께 걸어가는 길이 있기 때문인데
밤마다 바지랑대 들고 별 따는 습관은
당신이 떠난 후에 비로소 생겨났다

4

뭇사람이 짓밟아도 일어서야 할
우리는 아무나가 아니다
어머니는 눈 못 뜬 홍동지
칭얼대는 아이에게 젖을 물렸고
땅을 딛고 아장거리는 시절은
꿈속의 정원을 손잡고 가만히 걸었다
꽃잎이 자신이 정한 계절에 피어
아버지는 봄을 물고 온 파랑새처럼
자꾸만 넘어지는 아이를 업어주며
어둠 속에서 무수히 빛나는 별은
바라보는 사람들의 것이라고 말했다
전설이 오작교 건너가는 밤에도
마중물 흐르는 생의 물꼬를 손질했다

노새 등에 얹혀가는 생명의 소금
먹고 남는 것을 파는 사람과
팔고 남은 것을 먹는 사람에게서
구태여 그 차이를 비교하지 마라
심장은 살아있을 때 뛰는 거고
피는 몸이 뜨거울 때 흐르는 거다
신의 말을 대신 전해주던 어버이가
나비처럼 너울거리며 하늘로 날아갔다
저 멀리 별에게 손을 내밀어
그 빛 붙잡고 싶은 마음 끝이 없는데
울안에 스스로 갇힌 현실의 나비는
세상으로 나가는 문을 닫고 살았다

죽을 때까지 곁을 떠나지 않는
세월이 걸어가는 발을 가만두어도
애초에 정해진 인생길은 없었다
푸른 바다 건너 날아온 철새는
해마다 찾아오는 반가운 손님
반복해서 밀리는 고독을 헤집고 날아
계절 끝에 서 있는 꽃잎이 이울었다
마음 아프게 돌을 던지지 마라
수시로 누수되는 시간을 막아라
혼자 가는 길이 아무리 지루해도
오늘이 가장 행복한 날이다
바닥에 떨어진 꽃잎이 말했어도

기억을 잃어버린 시간이 불편한지
강물은 출렁거리며 바다로 흘렀다

5

오늘의 태양이 스러져도
사랑은 끝이 없는 영원의 길
어버이는 자식에게 더 못 줘 울었다
얼룩 버짐이 곳곳에 돋아난
보릿고개 중간에 태어난 아이들은
마당을 가로지른 빨랫줄에 매달린
식은 밥이 담긴 소쿠리 곁을 맴돌았다
끼니 거르는 고통을 이겨내도
누구나 한 번 왔다가 한 번 가는 세상
하루가 다르게 야위는 몸이지만
멀미 나도록 신명 나게 일해보자고
어서 봄이 오기를 기다린 마음이었는데
미끄러운 빙판길을 피하지 못해
할 말을 모두 차단한 다리 건너
머나먼 하늘로 그만 떠나고 말았다

우리가 어느 곳에 머물고 있던
눈뜨는 아침부터 환하게 웃어라
힘든 인생길을 아무리 나무라도

어차피 산 사람은 죽음을 맞이한다
살다 살다가 너무 힘들면
나 혼자 죽으면 그만이라는 말이
가슴에 오래 머무르면 습관이 된다
가을 문턱을 넘어가는 바람이
사람들의 푸른 기억을 일러주어도
이미 물러날 때를 알고 있는 낙엽
뒹구는 마음이 노을빛에 물들었다
의미 없이 흩어지는 인생
진정 죽음에 필요한 것은 무엇일까
적은 것에 만족하는 마음이
가장 부유한 마음인 것을 까맣게 잊고
눈 뜨는 아침부터 안달하며 살았다

6

허리띠 풀어놓고 마음껏 먹어보자
껄끄러운 보리타작이 끝나던 날
대문 밖에서 기웃거리는 달빛이
살아있는 뱀처럼 미끄럽게
바깥과 안의 경계선 담장을 넘어왔다
늦게 맺은 대추알이 살찌우는
모두가 잠들어 새근거리는 여름밤에
오직 절망뿐인 먹구름이 밀려오고

갑자기 따발총 소리가 요란했다
젊은 군인은 전장에서 피를 흘리고
고향 떠난 피난민은 길에서 스러졌다

아무리 맛있어도
제철 음식만 하겠는가
아무리 그리워도
고향 생각만 하겠는가
꽃 중에 가장 슬픈 꽃이
피지 못하고 꺾인 꽃인데
군인은 전쟁터에서 죽고
피난민은 타향에서 죽었다
장미보다 붉은 사상으로
영혼까지 무장한 적들이
꽃봉오리를 짓밟았다
생의 기억이 희미해도
피의 향기를 흩날리는 전쟁
그 끝은 오직 죽음이었다
눈빛 시린 파란 하늘
낮은 곳으로 흐르는 강물
아직도 돌아오지 못한
그 사람은 어디에 있는가
바람 불어 몸을 흔드는
단풍잎은 저리도 고운데
나뭇가지에 어둠이 내리면

별 하나가 저절로 떨어졌다

뜨거운 눈물로 이별을 부르는
저 길은 공동묘지 가는 길
산새가 한꺼번에 떠난 듯이 고요한
누구의 죽음이 무슨 이유로 묻혔을까
남의 자식은 부지깽이로 찌르고
나의 자식은 보물단지처럼 아끼는
욕심 많은 마귀할멈은 어디가고
하루 종일 이끼 슬은 추억만 흐르는가
밀려오는 바람이 가슴을 후벼도
이 시간 그대와 나란히 길을 걷는다면
살며 이보다 더 좋은 일이 있을까
그리움이 사랑으로 변하기를 바랐다

7

짙은 안개가 흘러 낮빛이 흐린 날
붉은 군대가 남쪽으로 이동했다
평화 무대에 서서 하염없이 울어도
사람이 죽을 만큼 죽어야 끝나는
전쟁은 누구도 피할 수 없는 슬픔
흙탕물 흐르는 노을 꽃 지고
밤 그리운 별꽃이 피어났다

날마다 고단하게 걸어서 도착한 땅은
다리 하나 뻗을 곳 없는 남의 고향
낯선 타향에서 아기는 태어나고
때로는 길에 버려진 고아가 되었다
누구의 자식인지 알 것도 없이
굶주린 배만 채우면 그만인 세상
무조건 견디는 것이 목숨연장이었다

눈물 고인 눈에 비친 풍경은
환한 빛을 차단한 어둠의 둥지
밤마다 초가집 굴뚝 찾아 배회하는
사람들이 굴뚝새처럼 숨어들었다
고단한 하루를 갈무리하고
맨 처음 만나는 초승달 바라보다가
아궁이에 불 지피는 꿈꾸었다
배고파 울던 아기별이 떠나는 아침
음습한 어둠의 굴뚝을 빠져나와
까맣게 그을린 시절을 잊고
잔물결 일렁이는 호수를 그리는
말간 마음으로 길을 다시 걸었다

들뜬 마음 혼자 다독이는 시간
모든 꽃잎이 열매 맺는 북쪽나라가
우리가 살아야할 지상낙원이라고
누군가는 목 아프게 선동했다

꿈속의 기억도 검열하는 나라가 미워
피난민들은 대대로 이어온 땅을 두고
하나뿐인 목숨을 걸고 내려왔지만
눈뜬 아침부터 총소리가 들려왔다
오소리가 다닌 흔적 오솔길 끝에는
이미 담장이 허물어진 예배당
소망의 종소리가 바람에 날리어
나비가 하늘 길 따라 너울거렸다

8

바람이 외돌고 간 희미한 공간
지붕 위에 낫처럼 꽂힌 초승달이
연신 흐르는 눈물을 닦고 있다
수시로 아랫돌 빼서 웃돌 고이는
어리석은 사람이 나인 줄 모르고
어서 내일이 오기를 소원했을 때
시냇물은 흘러서 강으로 가고
강물이 흘러서 바다로 갔다
인연으로 왔다가 꿈꾸다 가는 인생
걷지 못하면 아무 소용없는데
이방인처럼 낯선 길을 더듬으며
애써 높은 하늘의 신을 찾았다

그대 가슴에 펄럭이는
자유의 깃발은 무슨 색인가
붉은 기에 파란색 덧칠한
회색분자가 몹시 궁금한지
어둠을 뚫고 나온 별이
풍경소리 같은 말을 전했다
스치는 바람도 짐이다
혼자 걸을 수 있을 때까지가
진정 자유로운 내 인생이다

산기슭 외로운 무덤이
죽음으로 가는 길동무인가
목숨 바쳐 지킨 자유가
한줌 하얀 뼛가루 남기고
세월 따라 덧없이 사라질 때
폐허에 홀로 핀 꽃이 말했다
어지러운 시대를 살아도
인연을 함부로 끊지 마라
그림자는 빛이 있어야 생긴다

가슴에 철조망을 길게 둘러치고
결국 허리 끊어진 세상이 왔다
신을 찾으며 밤을 지새우고
이른 아침부터 용서하는 기도해도
바람이 잠들면 나뭇잎도 잠들었다

아무것도 보이지 없는 어둠
주어진 자유를 모조리 파괴하는
사상을 주입하는 시간이 흘러갔어도
사람들의 믿음은 간데없고
이우는 꽃잎에 지친 나비가 앉았다
누구나 인생길 그 끝은 죽음인데
길나서는 대문 앞이 몹시 흐렸다

9

길마다 수백 가지 꽃이 피어
진솔한 사랑을 고백했어도
어느 꽃이 그대 향기인지 알 수 없어
봄의 본질을 잊고 마냥 걸었다
아직도 믿음은 맨 처음 그대로지만
전쟁의 상처가 곳곳에 남아있어
얼어붙은 마음은 풀리지 않았다
살며 남자가 한 발 더 다가가는 곳이
공중화장실 소변기 앞뿐인가
아무리 발버둥 쳐도 가위눌린 악몽이
찰거머리처럼 징그럽게 달라붙어
사라지는 기억을 파먹는 밤
꺼져가는 등불이 왠지 서글펐다

침몰하라 무조건 침몰하라
안개 짙은 바다에 여객선을 띄워
아이들을 수장시킨 날이 있다
위험하니 그 자리에 그대로 있어라
전원구조 했다는 거짓말하며
아이들을 심해에 수장시킨 사람 있다
넘어져라 무조건 넘어져라
밀어 아래로 밀어를 떼창하며
젊음을 골목에서 압사시킨 날이 있다
아이들을 수장시킨 저들은 누구인가
사람들을 압사시킨 저들은 누구인가
구역질 하던 구름이 비를 쏟아낼 때
세상은 다시 붉은 바람에 휩싸였다

길거리서 오줌을 찔끔거리는
개 딸은 어떤 자궁을 갖고 있기에
날마다 참지 못할 고통을 생산하는가
여인의 나체그림을 들고 웃던
추악한 인간모습이 눈에 선한데
한복입고 말 춤춘 푼수는 누구인가
흘러간 옛일이라고 입 다물었지만
구럼비 앞바다에 홀로 내쳐진
돌고래는 지금도 살아있을까
그때의 일이 궁금하여 하늘 바라보면
태양의 눈을 가린 두꺼운 구름이

하루 종일 흰 눈을 토해냈다
얼굴을 새하얀 꽃잎으로 위장한
겨울 길에서 사람들이 몸부림쳤다

10

봄을 이기는 겨울은 없다고
묵은 껍질 조각 뜯어내는 나무가
새 껍질로 몸을 감싸는 이유
여름 내내 누구도 말하지 않았다
내 몸에 주제넘게 손대지 말고
맹지에 새로운 바람 길을 닦아라
내 마음 쉽게 꺾으려하지 말고
강물 따라 흐르는 뗏목 길을 열어라
바람벽에 붙어있는 미인도 여인이
사랑에 속았다고 눈물 흘리며
떠난 사람이 너무 그리워 말했다

저 하늘 태양까지 다리 놓겠다
저들이 새로운 거짓말을 뱉어낼 때
꽃향기는 서둘러 흩어지고
바람은 움켜쥔 손아귀를 빠져나갔다
몇 날을 굶은 노숙자 앞에서
기름진 음식 먹으며 죄가 아니라고

자신과 상관없는 일이라고 말할 때
거울에 비친 양심이 진실에 목말라
끝내 다리를 절며 먼 길 떠났다
살며 무엇이 하늘의 이치인가
그을음 잔뜩 낀 아궁이 같은 지옥이
이런 마음인지 도대체 모르겠다

시든 꽃잎은 꿈을 잃어버린 현실
부끄러운 양심을 가지고 사느니
차라리 아무것도 모르는 바보 되겠다
함께 손잡고 살기를 소원했어도
인간이 인간을 죽이는 무기
폐렴균을 배양하다 누출한 날도 있었다
추악한 정치 백신을 만들어
수많은 사람의 목숨을 정치방역으로
가혹하게 옥조인 날도 있었다
다시는 사랑을 반사할 수 없는 마음
노예 같은 삶이 한꺼번에 찾아왔다

11

모두가 개처럼 설치는 시대
가슴 아파도 그냥 지나쳤다
비켜가는 진실에 자살당하는 시대

기도문을 불길에 던진 사람 없었다
꽃구경 하는 현장이 불륜이고
그것이 성 비리라고 단정 짓는 시대
마음의 보따리 풀어놓을 수 없어도
내 잘못 아니라는 현지시간에
처방약으로 시대정신을 변명했다
내성을 기른 악이 거칠게 밀려와
숨 쉴 때마다 가슴 깊이 침투했다

　　한시대의 지독한 넋두리가
　　맨날 저 혼자 중얼거리다
　　새의 날개를 빌려 나를 때
　　세상은 어둠이 내리고
　　사람들은 일제히 문을 닫았다
　　믿음을 던져버린 마음이
　　강물처럼 흘러 바다로 흘러
　　종교 탄압은 시작되고
　　목사는 독방에 갇혀 기도하는데
　　신도들은 반국가세력이 무서워
　　성경책 옆구리 끼고 숨죽였다
　　분노하여 싸우지 않으면
　　그것이 영혼 없는 믿음이다
　　하늘의 뜻이라고 말하지 말라
　　침묵하면 지옥문이 열린다
　　별 하나가 초승달 곁에서

참을 수 없는 고통을 전했다
하루 종일 질척거리는 슬픔
모두가 독방에 갇힌 줄 모르고
사랑의 백기 들고 도주한
사람들은 따뜻한 공간에 모여
나만 천국 가는 기도했다
진정 하늘의 죄인이 누구인가
가슴앓이 하는 광화문광장이
버려야할 것이 무언지 물었다

줄 없는 사랑의 연을 띄운 하늘에
흰 구름이 정처 없이 흘러도
사람들은 서로 입을 틀어막고 살았다
철새가 먼 대륙으로 날아가고
아무도 머물지 않는 빈터에
눈물 닦아주는 사랑 꽃이 피어나도
꿈꾸는 나비는 어디로 떠났는지
바람이 꽃향기 흩트려도 보이지 않았다
나부끼다 찢어진 허공의 깃발
누가 있어 꽃잎의 속살 사뭇 찔러줄까
세상일은 그것 뿐 청춘이 울며 떠났다

12

갈등으로 쌓은 마음의 담처럼
자유는 허물어지고 마는가
더 이상 인간의 길 걸을 수 없는
떨고 있는 가슴에 찬바람 불었다
가야할 길을 잃어버린 인연이
황토 길에서 붉게 말라가도
쓰레기 무단투기 금지 구호가 붙은
골목길에서 허둥대는 사람들
결국 가축처럼 배급에 길들여졌다
막다른 죽음의 길을 걸어가며
답답한 소리 질러도 듣는 이 없어
갈 곳 잃은 달그림자가 따라왔다
눈물을 빨아먹고 사는 쓰레기
분리수거하는 사람은 누구일까

가벼운 마음 무겁게 받아들이는
그 자유를 텃새가 울타리에 앉아
작은 몸을 흔들어 지저귈 때
고통을 덜어주어야 할 영혼은
유유히 흐르는 세월을 깔보며
흐린 양심이 얼비친 달빛을 쓸었다
거짓을 통제하지 못하고 사는 세상
인권을 위한 말이 따로 있는지

자유 찾아 배타고 귀순한 사람
탈북민을 강제 북송한 인간도 있었다
아무리 둘러보아도 왠지 낯선 길
분리수거 되어야할 인간은 누구인가

사랑을 위해 남몰래 울던 날이
사는 동안 한번이라도 있었을까
가슴에 별 하나 떠오르는 밤
자신의 마음마저 속이고 방황하는
사람들이 몰려와 보든 말든
창가에 장미꽃 한아름 피었다
꽃동산 통과하는 이별의 길을 뚫고
무엇을 보았는지 모른다고 변명하는
우리 곁에는 비겁한 자유가 살았다
가시가 찌른 손끝에 맺힌 핏물이
장미보다 붉은 업보의 빛인가
텃새 울음이 사랑인 줄 진정 몰랐다

13

무슨 소리 들었는지 모른다 해도
오늘의 시간은 속절없이 흘러갔다
철지난 달력이 붙어있는 바람벽에
굽은 등을 기대고 바라보면

낙엽 길을 언제나 쓸쓸한 풍경
날카로운 바늘로 어깨살 찌르던
예방주사약 냄새가 역겹게 휘날렸다
실험실 동물처럼 학대받은 시절에
우한폐렴을 앓다 죽은 사람이 많을까
한 방울 백신 맞아 죽은 사람이 많을까
혼자 숲을 이루는 나무 없는데
작은 부채 하나로 바람을 일으켜
태풍 진로를 바꾸려는 어리석은 일이
지금도 세상 곳곳을 떠돌며
소름 끼치는 비웃음을 날리고 있다

무릎에 굳은살이 박이도록
하늘을 우러러 기도해도
새처럼 높이 나를 수 없는데
눈빛마저 불태우는 태양에게
전생을 고백한들 무슨 소용인가
바람이 스쳐 흐르는 허공
나비가 날개를 너울거려도
가슴응어리는 풀어지지 않았다
끼니때마다 독하게 검사하는
하얀 은수저의 검은 의심
수채 구멍에 집어던질 수 없어
세월은 붙잡을 새 없이 흘러가고
정제된 슬픔만 그대로 남았다

길에 흩어진 시절을 외면하면
눈물이 녹아내린 흔적
질척거리는 추억은 언제 지워질까
무작정 참고 살아야할
신에게 매달리는 안간힘으로
창백한 낮달 하늘을 바라보며
그동안 저지른 죄 용서를 빌었다

산등을 밟고 떠오른 둥근달
내 마음 비춰달라고 간절히 소원해도
사랑을 밀어내는 게 슬픔인지
어느새 먹구름이 몰려와 달을 가렸다
너무 멀어 혼자 갈 수 없는 길
사악한 무리를 벌하여주시옵소서
꽃잎 같은 기도가 헛된 믿음이었을까
저들은 이중으로 무장한 사상으로
고요한 세상에 피비린내를 끌고 왔다
오직 자유를 위해 목숨 바치는
현지싸움에서 승리를 기원했을 때
하늘은 짙은 어둠을 내려주었다
손에 무엇을 들었는지 따지기 전에
먼저 허무에 빠진 영혼을 건져내고
가시넝쿨 숲을 빠져나가야했다

14

꽃도 필 때 피어야 사랑받는데
봄비에 섞여 흐르는 꽃가루가
바닥에 노란 흔적을 남기고 떠났다
투명한 사상을 끈끈하게 매놓은
목소리 없는 허공의 거미가
먹이를 기다리는 지루한 시간
철새들은 저 높은 하늘 길을 날아
돌아오고 돌아가기를 반복했다
인연의 줄을 흔들어 나를 알리는
시린 가슴 어느 곳을 헤집어야
그리운 고향 길을 알 수 있을까
푸른 잎이 단풍잎으로 물들 때까지
길 웅덩이에 빗물이 고여 있어
눅눅한 현실을 감지하지 못했다

잊을 수 없는 꿈속의 여행
별 하나가 빗금 그으며 떨어지면
기나긴 여름장마 속에서
빨래 말릴 틈을 찾는 사람들은
바람 부는 강가의 갈잎처럼
살아있는 인생을 즐겁게 노래했다
다리 밑에서 주서 왔다는 자식이
속살 파먹는 우렁이새끼였어도

어미는 젖 냄새를 풍겨야한다고
새하얀 날개를 가진 천사처럼 말했다
가난한 끼니를 장만하기 위해
열무 광주리 이고 시장가면서도
여자의 길은 오직 순종이라고 말했다

시절을 붙잡은 줄이 끊어지면
이우는 꽃잎은 슬픔이 분명한데
아무도 모르게 왔다가 돌아가는
오늘의 밤무대에서 누가 공연할까
바람 불어 땅에 떨어진 꽃잎은
자유를 지키는 용감한 너와
뒤에 숨은 비겁한 나를 구분하지 않았다
마음 둘 곳 없어 방황하는 사랑이
비굴한 웃음을 허공에 날리지 않아도
밤길에 우두커니 서서 이름지우는
인생의 가설극장무대는 너무 초라했다
통풍에 시달리는 나이가 악몽일까
나무의자에 앉아있는 몸이 삐걱거렸다

15

우리가 밟고 사는 땅속이 지옥인가
아니면 저 높은 하늘이 천국인가

바다용왕도 끝내 먹지 못한 토끼 간
몇 번이고 꺼내 먹은 친구가
눈 뜨라는 부모의 말을 듣지 않고
낯선 병실에 누워 숨 쉬는 문을 닫았다
하늘이 내려준 선물이 목숨인데
하얀 천사가 곁에 있는 줄 모르고
희미한 상여소리 들으며 길 떠났다
쓸쓸한 이별을 비켜가기 바랐지만
가슴에 자라는 가시나무의 사랑처럼
나는 그대 이름을 부르며 눈물 흘렸다

을사년 정월 중순 동틀 무렵
아랫도리 기저귀로 무장한 무리가
대통령을 끌고 간 사건도 있었다
바퀴 밑에 드러누운 한 여인의 저항도
아무 소용없이 감옥으로 끌려갔다
살며 무엇을 얻고 무엇을 잃었건
하늘에 머무는 친구 너도 눈물 흘렸겠지
한 사람의 전설이 아득히 사라지고
울음이 고인 가슴을 가시가 찔러도
마음대로 날개를 펼칠 수 없는 영혼이
멍든 별빛 움켜쥐고 조롱 속에 갇혔다
세상을 굽이쳐 흐르는 강물이
실직한 인생 폐광 같은 가슴을 적셨다

탄핵의 강

별이 지쳐 스러지는 밤
꿈을 잃어버린 영혼은
저 하늘 어디로 흐르는가
믿음을 배신한 사람들이
바람이었다고 용서하며
홀로 강 건너가는 이 있으니
누가 이 슬픔 끊어낼까
겨울 가고 봄이 온다 해도
마음 하나 둘 곳 없는 세상
시린 가슴 맞창 나도록
피맺힌 꽃잎이 찌르고 있다

16

씀바귀뿌리 가슴으로 키워도
모두가 시끄럽게 울부짖는 세상
거지가 아무렇게 뒹구는 것 같지만
언제나 끼니때를 맞춰 동량했다
세월이 인생을 장난처럼 만지작거려도
검게 그을린 부지깽이 마음이
식은 아궁이에 뜨거운 불 지폈다
세상을 원칙대로 살면 아무 일 없다고

한 손에 망치 들고 한 손에 총을 들고
새마을운동 하던 사람들이
가래질로 넓힌 광화문 길을 행진했다
가난을 고통으로 밀어낸 인생은
힘들어도 힘들다고 말하지 않았다

어제의 사연을 밟고 가는 길
간절한 소원이 하늘을 관통했는지
생각지 못은 부동산 값이 부쩍 뛰었다
눈치 없이 웃음 짓게 하는 기쁨이
푸른 바다 파도처럼 밀려왔지만
흘러간 기억이 어디 있는지 모르는
치매세상을 방황하는 사람 중에
한 사람이 아파트 고층에서 뛰어내렸다
눈물은 강바닥을 기어가듯 흐르고
죽음의 이별이 구슬프게 이어지는데
주민들은 대수롭지 않은 일처럼
아파트 시세가 추락한다고 입 다물었다

흘러간 그 시대를 그리워하면
새로운 신분제를 인정하는 것인가
모든 사물은 제자리에 있을 때
가장 아름다운 모습을 보이는 것처럼
좋아도 싫어도 사실이어야 역사다
가슴에 대못을 때려 박는 시련

팔을 집도 없고 집을 살 돈도 없는데
몹쓸 인간이 집 팔라고 다그쳐
가난이 자꾸만 몸을 움츠리게 했다
산꼭대기에 잔설이 남았다고
오는 봄이 겨울로 돌아가는 건 아니지만
잘못을 둘러대는 마음 그대로 두고
원수를 사랑하라는 용서의 기도
지금이 하늘에 반납해야할 시간이다
힘차게 뛰는 맥박이 느슨해지기 전에
목안 깊이 박힌 가시를 뽑아내고
어지러운 세상을 향해 소리 지르자
남은 인생 속죄하며 살고 있어도
길에서 만난 인연은 길에서 헤어졌다

그대 이름 별마다 새겨도
가슴 깊이 뿌리내린 슬픔이
날마다 무장무장 자란다
멀쩡한 사람 부지기수인데
나이를 헤아리다 지쳐
다리 절며 걷는 사람 누구인가
세상길이 모두 지워져도
내가 나를 알면 두려울 것 없다
해마다 한번 찾아오는 봄
무성한 잡초를 찍어내지 않아도
사랑으로 위로하는 꽃잎이

매듭을 묶는 영혼의 약속처럼
넓은 들 곳곳에 흐드러진다
인생길 일몰은 아직 먼 데
죽음을 운반하는 까마귀 울음이
요란하게 허공을 가르는 시골
거름냄새가 나야 농부라는 말 대신
현실을 밀어내는 바람이 불어
빈집이 점점 늘어난다
길을 함께 걸어야 동행인데
독한 술에 찌든 옛날의 친구가
저 혼자 산기슭에 드러누워
새의 날개처럼 허공을 젓고 있다
죽음의 상여소리 들으며 떠난
너는 분주한 일상이 느려 좋은가
발에 힘주어 걷지 않으니 좋은가
어둠이 거울 같은 양심을 가린
고단한 길을 원망하며
이제는 발걸음을 멈추지 말자
분노할 때 크게 분노해도
어느 길이건 태양이 비춰준다

국경의 꽃

유재원 지음

발행처　도서출판 **청어**
발행인　이영철
영업　이동호
홍보　천성래
기획　육재섭
편집　이설빈
디자인　이수빈 | 구유림
인쇄　정우인쇄

등록　1999년 5월 3일
　　　(제321-3210000251001999000063호)

1판 1쇄 발행　2026년 3월 23일

주소　서울특별시 서초구 남부순환로 364길 8-15 동일빌딩 2층
대표전화　02-586-0477
팩시밀리　0303-0942-0478
홈페이지　www.chungeobook.com
E-mail　ppi20@hanmail.net

ISBN　979-11-6855-439-9(03810)